Maître des dragons

Ce livre appartient à

....,

le maître-dragon.

À mon amie Lara,

qui est aussi forte, intelligente

et courageuse que Jane.

T. W.

Titre original : *Dragons masters*
— *Shine of The Silver Dragon*

Dépôt légal : juin 2021
Troisième édition - décembre 2021
ISBN : 979-1-0363-2652-3
Loi n°49-956 du 16 juillet 1949 sur les publications destinées à la jeunesse.

Imprimé en Espagne par Novoprint.

PEFC PEFC/14-38-00277

Maîtres des dragons

La mission du dragon d'Argent

Tracey West
Illustré par Nina de Polonia

Traduit de l'anglais (États-Unis)
par Vanessa Rubio-Barreau

bayard jeunesse

DIEGO A DISPARU !

Aloïs le sorcier tapa dans ses mains.

– Allons, allons, jeunes maîtres-dragons, calmez-vous ! Nous devons discuter de choses sérieuses.

Ses cinq élèves – Draco, Fira, Bo, Ana et Petra – étaient rassemblés autour d'une grande table dans leur salle de classe, au sous-sol du château du roi Roland. Aloïs les avait convoqués pour une réunion très importante.

Il s'éclaircit la voix, prêt à parler, lorsqu'un garçon fit irruption dans la pièce.

– Carlos ! s'écria Draco.

Carlos était aussi un maître-dragon, qui vivait loin du château, au royaume d'Aragon.

– Il est arrivé malheur à Diego ! leur apprit-il. Lalo et moi sommes venus aussi vite que possible pour vous prévenir.

Il désigna dans son dos le bébé dragon de Foudre qui projetait des étincelles.

– Tu as bien fait, lui dit Aloïs. Nous étions au courant que Diego avait des ennuis. Nous allions justement en parler. Approche.

Carlos s'installa près d'Ana.

Aloïs s'éclaircit à nouveau la voix.

– Bien, reprenons du début, dit-il. Hier, j'ai reçu un message m'avertissant que Maldred s'était évadé de la prison du conseil des Sorciers.

– Qui est Maldred ? demanda Carlos.

– Un mage maléfique, expliqua Fira. Il a attaqué le château du roi Roland, mais on l'a vaincu.

Elle prit un livre dans la bibliothèque pour lui montrer un portrait de Maldred. L'affreux mage avait un cache-œil et une longue barbe pointue.

– C'est lui ! s'écria aussitôt Carlos. C'est le sorcier qui a lancé un sort à Diego.

– Tu l'as vu ? s'étonna Aloïs. Raconte-nous ce qui s'est passé.

– Alors que nous étions en train de manger dans la cuisine, les guirlandes de coquillages que Diego a installées comme alarme se sont mises à tinter. On savait qu'il y avait de la magie noire dans les parages, expliqua Carlos. Diego m'a dit d'aller me cacher et j'ai obéi.

Petra étouffa un cri.

– Tu as dû avoir tellement peur !

– J'ai assisté à la scène depuis ma cachette, reprit le garçon. Maldred a surgi de nulle part. Diego a essayé de le contrer avec sa magie, mais ça n'a pas marché. C'est alors que Maldred a récité une formule et que les yeux de Diego sont devenus rouges et fixes.

Draco frissonna.

– La couleur de la magie maléfique.

– Puis Maldred est reparti en emmenant Diego, ajouta Carlos. Ils ont disparu avant que j'aie pu faire quoi que ce soit.

– Diego a fait un saut ici, lui apprit Bo. Pour voler un livre : *Légendes de l'Ancien Monde*.

Draco avait souvent vu Diego apparaître et disparaître en un éclair. Il suffisait au sorcier d'agiter sa baguette pour se transporter où il le souhaitait.

– Mais pourquoi Diego a-t-il volé ce livre ? demanda Carlos.

Ana fronça les sourcils.

– Aloïs, vous nous avez expliqué que ce livre parlait d'un certain Naga... qui pourrait menacer le monde entier. Que vouliez-vous dire par là ?

Le visage du sorcier s'assombrit.

– Je dois vous raconter une histoire... La légende du célèbre dragon qu'on appelle le Naga.

LA LÉGENDE DU NAGA

– Il y a fort, fort longtemps, commença Aloïs, aux origines de la magie, il y eut un terrible tremblement de terre.

– J'ai déjà vécu un séisme, intervint Petra. Le sol tremblait et quelques bâtiments se sont écroulés.

– Durant celui-ci, la terre s'ouvrit et cracha un œuf venu des profondeurs de la planète. Il faisait la taille d'une montagne ! s'écria Aloïs.

Bo écarquilla les yeux.

– C'était l'œuf du Naga ?

– Oui, confirma Aloïs. Le Naga possède le pouvoir de déclencher des séismes. Rien que par la pensée, un peu comme Vermisso, le dragon de Terre de Draco.

– Mais le Naga doit être beaucoup plus grand ! remarqua ce dernier.

– Tout à fait, confirma Aloïs. Et son pouvoir est cent fois plus puissant que celui de Vermisso.

Draco en resta bouche bée. Il avait du mal à imaginer un dragon aussi fort.

Le sorcier continua son histoire :

– Quand le jeune Naga sortit de l'œuf, il ne maîtrisait pas encore ses pouvoirs. Il se mit à ravager la Terre. Il fit s'écrouler des montagnes. Il déclencha d'effroyables inondations.

– Oh, non ! C'est affreux ! s'écria Ana. Et personne ne l'a arrêté ?

– Si ! Les sorciers sont intervenus, répondit Aloïs. Ils savaient que le Naga était trop grand et trop puissant pour être laissé en liberté. Ils l'ont donc renvoyé d'où il venait.

– Comment ont-ils fait ? demanda Petra.

– Ils ont fabriqué deux talismans magiques qui leur permettraient de contrôler le Naga, expliqua Aloïs. Les sorciers du nord ont forgé la clé d'Argent ; et ceux du sud ont forgé la clé d'Or. Grâce à ces deux clés, ils ont renvoyé le Naga dans les entrailles de la Terre.

Draco réfléchit, puis s'écria :

– Lorsque Maldred a attaqué le château, c'était pour enlever Vermisso et se servir de ses pouvoirs. Vous pensez que c'est aussi pour cette raison qu'il veut le Naga ?

– J’en ai bien peur, confirma Aloïs.

– Où se trouvent les clés ? demanda Petra.

Aloïs tendit l’index. Des étincelles bleues en jaillirent. Une image apparut alors dans les airs : un disque de métal gravé d’étranges symboles.

– Voici la clé d’Argent, expliqua-t-il. Elle est cachée dans l’hémisphère Nord, gardée par un dragon d’Argent.

Il leur montra un disque orné de symboles différents.

– Voici la clé d'Or, dit-il. Elle est cachée dans l'hémisphère sud, gardée par un dragon d'Or.

– Et le livre que Diego a volé indique où trouver les clés, supposa Draco.

Le sorcier acquiesça.

Fira dit alors tout haut ce qu'ils pensaient tout bas :

– Si Maldred trouve les clés, il pourra contrôler le Naga… et le monde entier sera en danger !

Chapitre 3

UNE NOUVELLE MISSION

– Nous devons retrouver Diego avant que Maldred se serve de lui pour commettre de nouveaux méfaits, dit Aloïs en se dirigeant vers son atelier, les maîtres-dragons sur ses talons.

– Il y a quelque chose que je ne comprends pas, avoua Carlos. Pourquoi Maldred n'a pas volé le livre lui-même ? Pourquoi avait-il besoin de Diego ?

– Maldred sait que nous sommes amis et que Diego pourrait entrer facilement dans le château.

– Il faut qu'on le retrouve avant qu'il mette la main sur les clés et les donne à Maldred.

– Tout à fait, acquiesça Aloïs.

Son atelier était plein d'un bric-à-brac mystérieux. Des dizaines de fioles et de bocaux multicolores étaient alignées sur les étagères.

Aloïs se posta devant sa boule de cristal et agita la main au-dessus. Elle s'illumina.

– Montre-moi où est passé mon ami Diego le sorcier !

Une volute de fumée tournoya à l'intérieur de la boule. Les maîtres-dragons ne la quittaient pas des yeux. Puis la brume se dissipa et une image apparut.

– Diego ! s'écria Carlos.

Le petit sorcier rondouillard se tenait au pied d'une colline. Au sommet se dressait un imposant château fort en pierre.

– Je connais cet endroit, dit Aloïs. C'est au pays de Gallia, non loin d'ici.

– Ça se trouve dans le nord, remarqua Petra. Donc, peut-être que la clé d'Argent est là-bas.

Aloïs se caressa la barbe.

– Possible… J'ai étudié les *Légendes de l'Ancien Monde* pendant des années sans parvenir à deviner l'emplacement des clés. Le livre est écrit dans une langue magique très ancienne.

– Et Maldred comprend cette langue ? demanda Ana.

– Oui, mieux que moi, avoua le vieux sorcier. Alors, si Diego est à Gallia, c'est que la clé doit y être aussi.

Il désigna Draco, Bo et Carlos.

– Tous les trois, filez à Gallia sur-le-champ.

Fira croisa les bras.

– Pourquoi que des garçons ?

– Je dois soigneusement choisir à quels maîtres-dragons confier chaque mission, expliqua Aloïs. C'est Carlos qui connaît le mieux Diego, donc il y va avec Lalo. Le pouvoir d'un dragon d'Eau sera nécessaire pour libérer Diego de la magie noire, donc Bo et Shou l'accompagneront. Quant à Draco et Vermisso, ils transporteront toute l'équipe en un éclair.

– D'accord, répondit Fira, sourcils froncés. Mais je veux faire partie de la prochaine mission.

– Je sais que je peux toujours compter sur toi, Fira, dit Aloïs. Allez, Draco et Bo, descendez chercher vos dragons dans leurs grottes. Carlos et Lalo vous suivront.

– Bonne chance ! lança Ana.

Draco fit signe à Ana, Fira et Petra.

– À bientôt !

– Vite ! les pressa le sorcier. Il faut empêcher Diego de s'emparer de la clé d'Argent !

Chapitre 4

LE CHÂTEAU FORT

Quelques minutes plus tard, Draco, Carlos et Bo se retrouvèrent devant les grottes avec leurs dragons.

Shou était une dragonne d'Eau bleue. Elle n'avait pas d'ailes mais pouvait se déplacer dans le ciel sur les courants aériens. Elle s'approcha de Bo en flottant comme un voilier sur la mer.

Lalo, le bébé dragon de Foudre, était deux fois plus petit qu'elle. Chargé d'électricité, il crépitait en permanence, car il ne maîtrisait pas encore bien ses pouvoirs – il était trop jeune.

– Calme-toi, Lalo, le rassura Carlos. On va retrouver Diego.

Le dragon de Terre de Draco, Vermisso, avait un corps marron tout en longueur, muni de deux petites ailes. Il ne volait pas mais pouvait se déplacer aux quatre coins du monde en un éclair, par le pouvoir de sa pensée.

Draco regarda la Pierre-Dragon verte qui brillait à son cou. Tous les maîtres-dragons en avaient une. Quand son pendentif s'illuminait, cela voulait dire que Draco était connecté à Vermisso.

Les trois garçons posèrent la main sur ses écailles. Bo avait l'autre main sur Shou, et Carlos sur Lalo.

– Vermisso, emmène-nous à Gallia. Au château que nous avons vu dans la boule de cristal, ordonna Draco.

Le corps de Vermisso se mit à luire, puis un grand éclair vert força Draco à fermer les yeux.

Quand il les rouvrit, ils étaient tous au pied d'une colline.

Draco leva les yeux vers le château de pierre grise que la boule de cristal leur avait montré. Il était haut de trois étages, rectangulaire, avec une grosse tour ronde à chaque angle.

– Vous pensez que Diego est là-dedans ? demanda Bo.

– Peut-être, répondit Draco.

Carlos observait le château en se mordillant la lèvre.

– Il doit y avoir plein de soldats qui gardent la clé… Et s'ils ont capturé Diego ?

– Alors on le délivrera, affirma Draco.

– Il faut qu'on entre vite à l'intérieur, dit Bo. Tu crois que Vermisso pourrait nous y transporter ?

– Personne ne sait que nous sommes là, répondit Draco. Si Vermisso nous fait entrer dans le château, la lumière verte risque d'alerter les gardes. On ferait mieux de contourner discrètement la colline et de grimper par derrière.

– Je vais essayer de calmer Lalo pour que ses étincelles ne nous fassent pas repérer non plus, dit Carlos.

Ils firent donc le tour de la colline, puis grimpèrent au château. Tout était étrangement silencieux. Draco gardait les yeux rivés sur les quatre tours, mais il ne vit pas un seul soldat.

– Je vais voler jusqu'au sommet de cette tour avec Shou pour prendre les gardes par surprise, proposa Bo.

Draco hocha la tête.

– Ensuite on te rejoindra avec Vermisso. Si on est assez rapides, on…

Ziiiip !

Quelque chose siffla aux oreilles de Draco. Il s'écarta d'un bond. D'énormes cailloux pleuvaient du haut de la tour.

– Ils nous attaquent ! cria Carlos.

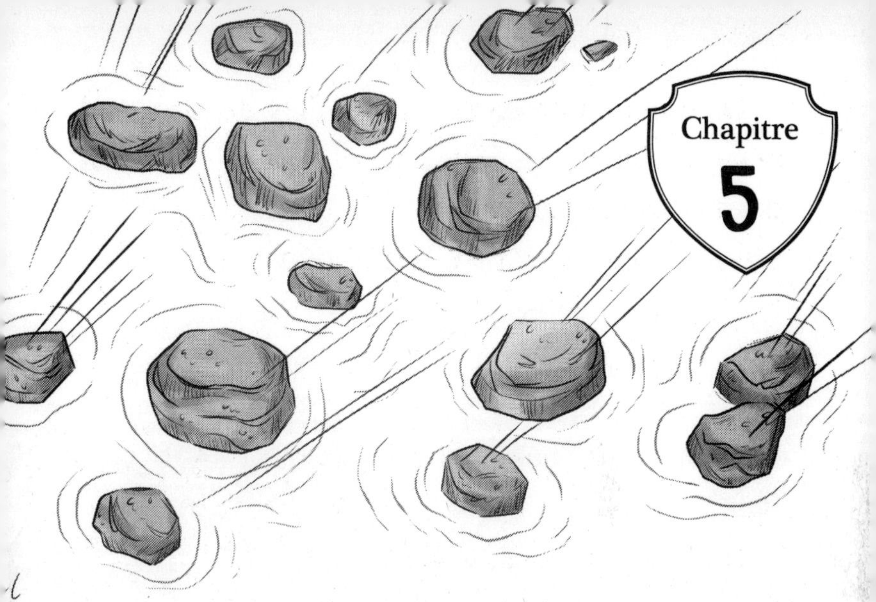

Chapitre 5

ATTAQUÉS !

– Vermisso, protège-nous ! supplia Draco.

Le corps du dragon rayonna d'une lueur verte… Aussitôt les pierres se figèrent dans les airs, puis tombèrent brutalement au sol sans atteindre leur cible.

– Qu'est-ce qu'on fait ? paniqua Bo.

– Lalo pourrait aller foudroyer les soldats pour qu'ils arrêtent de nous bombarder, suggéra Carlos.

Bo secoua la tête.

– On ne va pas leur faire de mal. Ils sont là juste pour garder la clé. Il faut leur dire qu'on est de leur côté.

Draco fronça les sourcils.

– Il doit y avoir toute une armée là-haut !

C'est alors que sa Pierre-Dragon se mit à luire. Il entendit la voix de Vermisso dans sa tête.

« Juste un. »

– Juste un quoi ? demanda Draco.

« Garde. »

– Un seul garde ? s'étonna le garçon.

– C'est impossible ! s'écria Carlos.

Une nouvelle pluie de cailloux s'abattit sur eux. Vermisso s'empressa de les suspendre dans les airs.

– Une seule personne ne pourrait pas lancer autant de pierres à la fois, observa Bo.

– Mon dragon ne se trompe jamais, affirma Draco.

Il l'interrogea :

– Qu'est-ce qu'on doit faire, Vermisso ?

« Se téléporter en haut de la tour. »

Draco toucha ses écailles et se tourna vers ses amis.

– Vermisso veut nous téléporter en haut de la tour.

– Je lui fais confiance, déclara Bo en posa la main sur sa queue.

– Moi aussi, renchérit Carlos en l'imitant.

Le dragon de Terre les emmena en un éclair au sommet de la grosse tour ronde.

Alors que la lueur verte s'estompait, Draco aperçut un garde qui venait vers eux – une fille qui devait avoir environ huit ans, comme lui et ses amis. Vêtue d'une armure étincelante, elle pointait une épée sur eux.

– Halte ! hurla-t-elle. Je vous défends d'entrer dans ce château.

Chapitre 6

LA GARDIENNE DE LA CLÉ D'ARGENT

– Attends ! supplia Draco en écartant les mains. Nous ne sommes pas là pour voler la clé d'Argent mais pour t'aider à la protéger.

La fille s'immobilisa, sans toutefois baisser son épée.

– Comment se fait-il que vous soyez au courant de son existence ? les questionna-t-elle.

Draco avait remarqué deux détails importants. D'abord, cette fille ne semblait pas craindre les dragons – pas même Lalo qui, inquiet, projetait des étincelles dans tous les sens. Et puis, elle avait une Pierre-Dragon autour du cou.

– Nous sommes des maîtres-dragons, comme toi, lui apprit-il en lui montrant son pendentif.

– Je vois... Mais ce n'est pas pour ça que je peux vous faire confiance. Je ne dois laisser entrer personne dans le château. La clé est sous ma protection.

– Mais on est venus t'aider ! protesta Bo. Un mage maléfique veut la voler. On est là pour l'en empêcher.

– Qui me dit que ce n'est pas une ruse ? répliqua la gardienne de la clé.

– On ne ferait jamais ça ! affirma Draco. La preuve, nos dragons ne t'ont pas attaquée ! Pourtant tu es seule dans ce château.

Les yeux de la fille étincelèrent.

– Et comment le savez-vous ?

Draco désigna son dragon.

– Mon dragon de Terre, Vermisso, possède des pouvoirs de télépathie. Au fait, je m'appelle Draco. Voici Bo et sa dragonne, Shou. Et Carlos et son dragonnet, Lalo.

La fille baissa son épée.

– Je m'appelle Jane. Mais, même si tu dis la vérité, vous ne pouvez pas entrer.

Draco allait répliquer lorsqu'il remarqua que son dragon avait fermé les yeux. Ses écailles brillaient d'un doux éclat vert.

– Qu'est-ce qui se passe, Vermisso ? lui demanda-t-il.

« J'essaie de contacter le dragon de Jane. »

C'est alors que le pendentif de la gardienne se mit à luire. Draco savait qu'elle entendait la voix de son propre dragon dans sa tête. Elle écarquilla les yeux, stupéfaite.

– Argent dit que je dois vous laisser entrer. Je vais donc lui obéir.

– Argent, c'est ton dragon ? voulut savoir Bo.

– Oui, confirma-t-elle en leur faisant signe de la suivre. Venez.

– Où va-t-on ? demanda Draco.

Jane sourit pour la première fois.

– Dans le repaire du dragon d'Argent.

Chapitre 7

L'HISTOIRE DE JANE

Bo et Draco entrèrent avec Jane dans la tour, mais Carlos s'immobilisa sur le seuil.

– Je pense que Lalo et moi, on ferait mieux de rester ici. Avec moi, il aura moins peur et on pourra essayer de repérer Diego.

– Diego, c'est ce mage maléfique dont vous m'avez parlé ? demanda Jane.

– Non, mais le mage maléfique, Maldred, a jeté un sort à Diego et l'a envoyé ici pour voler la clé d'Argent.

– Alors il ne faut pas le laisser pénétrer dans le château, décréta la jeune chevalière. Viens, Carlos, je vais te montrer quelque chose.

Elle s'approcha des créneaux bordant la tour. Disposées en cercle au sommet de la tour, une douzaine de catapultes surplombaient la campagne environnante.

– Quelles étranges catapultes ! remarqua Carlos.

D'habitude, il y avait un poids d'un côté et, de l'autre, un panier contenant une grosse pierre. Mais au bout de chacune de ces catapultes se trouvait un panier tout en longueur avec dix cailloux à l'intérieur.

– J'y ai apporté quelques améliorations, expliqua Jane. Quand on coupe la corde, le poids fait basculer le panier et envoie les cailloux voler dans les airs. Comme ces catapultes lancent plusieurs cailloux d'un coup, l'ennemi a l'impression qu'il y a beaucoup de soldats pour défendre le château.

« Waouh ! Drôlement astucieux ! » pensa Draco.

– C'est efficace, confirma-t-il. On a vraiment cru que toute une armée nous attaquait.

Jane lui sourit avant de se tourner vers Carlos.

– J'ai une demi-douzaine de catapultes chargées, au besoin. Si tu vois arriver un sorcier, tire sur cette corde. Une cloche tintera dans le repaire d'Argent.

Carlos acquiesça :

– Compris !

Jane s'agenouilla pour ouvrir une trappe. Draco, Bo et leurs dragons la suivirent dans un long escalier en colimaçon.

– Tu vis ici toute seule ? s'étonna Draco.

– Je ne suis pas seule, répondit-elle. Il y a Argent.

– Mais où est le sorcier du royaume ? demanda Bo.

– Il vit avec le roi de Gallia, très loin d'ici, expliqua Jane. Personne ne peut approcher la clé d'Argent, à part Argent et son maître-dragon. Argent la garde depuis que les sorciers du nord l'ont forgée.

– Aloïs, notre sorcier, nous a raconté que les clés avaient été forgées il y a très longtemps, dit Draco. Argent a dû avoir de nombreux maîtres-dragons.

– Oui et je suis fière d'en être ! répliqua Jane.

– Tu ne t'ennuies pas ici ? la questionna Bo.

Ils étaient arrivés devant une porte, au pied des marches.

– J'ai de quoi m'occuper, répondit-elle en ouvrant la porte. Venez, je vais vous montrer.

Chapitre 8

DES INVENTIONS GÉNIALES

Draco, Bo et leurs dragons suivirent Jane dans une vaste pièce remplie de poulies, d'engrenages et d'étranges objets en métal. Certains avaient l'air de jouets, d'autres d'armes dangereuses. Draco s'arrêta devant un oiseau métallique perché sur un socle en bois.

– Tourne la manivelle, lui conseilla Jane en désignant une poignée incurvée, les yeux brillant de malice.

Quand le garçon actionna la manivelle, l'oiseau se mit à tourner sur lui-même.

– Cool ! souffla Draco.

– C'est toi qui as fait tout ça ? s'étonna Bo.

Jane haussa les épaules.

– Oui, pour passer le temps.

– C'est génial ! s'extasia Draco. Tu as un vrai talent !

Jane sourit, le rose aux joues, puis se rembrunit aussitôt.

– Bon, assez parlé de mes inventions. Dites-moi plutôt ce que vous savez sur ce mage maléfique.

– Maldred vient de s'évader de la prison du conseil des Sorciers, expliqua Draco. Nous pensons qu'il veut voler la clé d'Or et la clé d'Argent pour libérer le Naga et prendre le contrôle du monde.

– Nous ignorons où il se trouve, intervint Bo. Mais nous savons qu'il a ensorcelé Diego. Par chance, ma dragonne, Shou, possède le pouvoir d'annuler les maléfices. Elle va soigner Diego.

– Mais ce ne sera pas facile parce que Diego peut apparaître et disparaître à volonté, où il veut, précisa Draco. Il faudra qu'on agisse vite dès qu'on l'aura repéré pour qu'il ne se volatilise pas avec la clé d'Argent avant que Shou ait pu lever le sortilège.

Jane sourit.

– Il ne peut pas faire irruption comme ça dans le repaire d'Argent. Un puissant sort le protège.

– Peut-être, mais Maldred a déjà réussi à déjouer des boucliers magiques. En conjuguant son pouvoir à celui de Diego, il peut réussir à le faire entrer dans le repaire.

– C'est ce qu'on va voir, dit-elle.

Elle conduisit Draco, Bo, Vermisso et Shou dans un long couloir, jusqu'à une porte gigantesque. Elle tourna plusieurs rouages et verrous, qui s'ouvrirent en cliquetant.

Draco fut surpris de découvrir une deuxième porte.

Jane tourna de nouveaux verrous pour ouvrir la deuxième porte… qui révéla encore une autre porte !

« Le repaire d'Argent est vraiment bien protégé ! » pensa Draco.

La chevalière poussa la troisième porte.

Une vive lumière argentée éblouit Draco...

Chapitre 9

LE DRAGON SOLITAIRE

Draco mit la main devant ses yeux pour les protéger.

– Cet éclat aveuglant vient d'un dragon ? s'étonna-t-il.

– Argent, tout va bien ! lança Jane. Ce sont les maîtres-dragons que tu m'as demandé de laisser entrer.

L'intensité lumineuse diminua, révélant le plus beau dragon que Draco ait jamais vu.

Ses écailles d'argent étincelaient et il avait sur les ailes des motifs argentés semblables à ceux d'un papillon.

– C’est son moyen de défense. En cas de danger, il aveugle ses agresseurs, expliqua Jane.

La Pierre-Dragon de Draco se mit à luire. Il entendit la voix de Vermisso dans sa tête.

« J’ai communiqué avec Argent quand nous étions au sommet de la tour. Je pense qu’il a confiance en moi. Mais il risque d’attaquer s’il croit que nous voulons voler la clé. »

Draco regarda le dragon.

– Ne t’en fais pas, dit-il. Nous sommes là pour protéger la clé, pas pour la voler.

Il regarda autour de lui. Ils se trouvaient dans une vaste salle souterraine, éclairée par des torches murales qui se reflétaient sur un gros tas d'argenterie : gobelets, pièces, épées, bijoux...

– Waouh ! Sacré trésor ! s'exclama le garçon.

– Toutes ces richesses sont ici pour détourner l'attention des voleurs, répondit Jane. La clé d'Argent est bien cachée.

Pendant qu'ils parlaient, Argent s'était approché des autres dragons. Il scrutait Vermisso et Shou. Puis il se rapprocha encore et plongea ses yeux bleus dans ceux du dragon de Terre.

– C'est la première fois qu'Argent rencontre d'autres dragons, précisa Jane.

Bo effleura la queue du dragon d'Argent.

– C'est triste. Nos dragons sont heureux de vivre ensemble.

– Argent sait comme moi que garder la clé est un grand honneur.

Jane sourit.

– Mais c'est tout de même agréable d'avoir un peu de compagnie, ajouta-t-elle.

Shou ouvrit la gueule. Un nuage de vapeur d'eau en sortit.

Bo s'esclaffa.

– Elle veut montrer à Argent ce qu'elle sait faire, je crois !

– Argent doit avoir des pouvoirs incroyables, supposa Draco. Qu'est-ce qu'il sait faire ?

Jane sourit à nouveau.

– Comme vous avez pu le constater, il peut aveugler ses ennemis. Et, quand on l'attaque, ses ailes renvoient le coup à l'agresseur.

Draco en resta bouche bée.

– C'est un pouvoir extraordinaire !

Soudain une cloche tinta dans le repaire.

– Carlos ! s'écria Jane. Il a dû repérer des sorciers à l'approche !

PLAN DE DÉFENSE

Les écailles d'Argent étincelèrent d'un vif éclat.

Jane tira son épée.

Draco frissonna.

– Qu'est-ce qui se passe, Vermisso ?

Le dragon de Terre ferma les yeux et son corps se mit à luire.

« Diego tente de franchir le bouclier magique. »

Draco informa les autres :

– Diego essaie d'entrer.

– Il faut protéger la clé d'Argent ! s'écria Jane.

– D'accord..., fit Draco. Bo, si Diego pénètre dans le repaire, demande à Shou de l'asperger avec sa brume guérisseuse.

Bo tapota l'encolure de sa dragonne.

– Prépare-toi, Shou !

C'est alors que Draco entendit à nouveau la voix de Vermisso dans sa tête :

« Maldred a ajouté ses pouvoirs à ceux de Diego. Diego est très puissant, désormais. Assez pour s'introduire dans le repaire. »

C'était exactement ce que craignait Draco. Mais il ne le répéta pas aux autres. Il ne voulait pas effrayer Bo ou Jane.

Il devait bien y avoir un moyen de protéger la clé…

Il se tourna vers la jeune chevalière pour demander :

– Si Diego réussit à entrer, Vermisso pourrait déplacer la clé dans un endroit sûr grâce à ses pouvoirs, proposa-t-il. Où se trouve-t-elle ?

Jane fronça les sourcils.

– Je ne peux pas te le dire. Comment savoir si Vermisso me la rendra ?

– Jane, je t'en prie ! supplia Draco. Fais-nous confiance ! Vermisso cache la clé, Shou désensorcelle Diego et ensuite, on te la rend, je te le promets.

Jane consulta Argent.

– Qu'est-ce qu'on fait, à ton avis ?

Soudain, le dragon poussa un cri perçant. Il se mit à battre des ailes quand...

BOUM !

Une violente explosion ébranla le repaire du dragon.

DIEGO CONTRE LES DRAGONS

Diego fit son apparition dans un nuage de fumée rouge. L'énergie maléfique irradiait de tout son corps. Il avait toujours les yeux rouges, fixes et mauvais.

Draco attendait que Bo donne des instructions à Shou, mais son ami ne disait rien. Il était muet d'horreur de voir Diego dans cet état.

– Bo, il faut que Shou libère Diego du maléfice. Tout de suite ! lui cria Draco.

Mais Bo resta silencieux. Diego tendit le doigt vers Shou. La dragonne d'Eau regarda son maître, perplexe. Elle n'oserait pas attaquer leur ami Diego, à moins que Bo ne lui en donne l'ordre.

Des étincelles rouges jaillirent de l'index du sorcier et frappèrent Shou si violemment qu'elle perdit conscience.

Bo reprit enfin ses esprits.

– Shou, gémit-il en s'agenouillant auprès d'elle.

– Vermisso, pétrifie Diego ! cria Draco.

Le corps du dragon de Terre luisait. Une vive lueur verte l'entourait, mais le sorcier passa au travers sans problème.

– Argent, attaque ! cria Jane.

– Non ! protesta Draco.

Les écailles du dragon d'Argent étincelèrent encore plus fort.

Et, lorsqu'il rugit, un rayon de lumière jaillit de sa bouche, tout droit pointé sur Diego.

Le sorcier leva les bras et repoussa l'attaque avec une vague de magie noire. Le rayon d'Argent fut dévié sur le tas de pièces.

Diego dirigea alors sa magie rouge sur Argent. Le dragon déploya ses ailes… qui renvoyèrent le sort droit sur celui qui l'avait lancé !

Le sorcier fut projeté en arrière et se cogna la tête contre un coffre en métal. Il tomba, assommé, les yeux clos.

Draco se tourna vers Jane.

– Je t'en prie, ne laisse pas Argent lui faire plus de mal !

– Je dois protéger la clé à tout prix ! répliqua-t-elle, butée.

Draco jeta un regard à Shou. La dragonne d'Eau commençait à remuer. Bientôt elle serait en état de s'occuper de Diego. Mais elle aurait besoin de temps pour réussir à lever le maléfice que Maldred lui avait lancé.

Draco savait qu'Argent attaquerait dès que Jane lui en donnerait l'ordre. Il n'avait donc pas le choix.

– Vermisso, pétrifie Argent ! lança-t-il.

Le dragon de Terre se mit à luire.

Jane plissa les yeux et pointa son épée sur Draco.

– NON ! Dis à Vermisso d'arrêter !

Chapitre 12

LES POUVOIRS D'ARGENT

Le corps de Vermisso luisait de plus en plus fort.

Jane fit un pas vers Draco, menaçante.

Le garçon la regarda droit dans les yeux.

– Tu n'oserais pas me blesser.

– Je ne veux pas te faire de mal, répondit-elle. Mais j'ai juré de protéger la clé. Je ne peux pas échouer dans ma mission.

Elle ne baissa pas son épée.

– S'il te plaît, Jane. Laisse juste le temps à Shou de libérer Diego du maléfice, supplia Draco.

– Et si ça ne fonctionne pas ? Je ne peux pas prendre le moindre risque, répliqua-t-elle. Annule l'ordre que tu as donné à Vermisso !

– Désolé, Jane. Mais je ne peux pas prendre de risque non plus, rétorqua Draco.

Il se tourna vers son dragon en ordonnant :

– Pétrifie Argent immédiatement.

En rugissant, Vermisso lui lança un rayon vert.

Le dragon d'Argent le renvoya avec ses ailes étincelantes comme un miroir, mais Vermisso s'y attendait. Il se transporta ailleurs en un clin d'œil.

Le dragon de Terre tenta alors de toucher Argent à la queue, mais ce dernier la releva pour la cacher derrière ses ailes.

« Vite, Vermisso, trouve un moyen de le mettre hors d'état de nuire ! » supplia Draco dans sa tête.

– Je t'ai dit d'arrêter ton dragon ! insista Jane.

Mais soudain son épée tomba au sol avec fracas.

Derrière elle, Bo brandissait une sorte de chandelier avec lequel il lui avait arraché l'arme des mains.

– Je ne peux pas te laisser faire de mal à Draco, dit-il.

Bo et Jane se toisèrent.

Pendant ce temps, les écailles d'Argent étaient devenues presque éblouissantes : il rassemblait ses forces pour attaquer le dragon de Terre.

– Attention, Vermisso ! cria Draco.

C'est alors qu'il sentit du mouvement dans son dos. Il fit volte-face et vit que Diego était revenu à lui !

Le sorcier flotta dans les airs à travers le repaire. Il dégageait une lueur rouge qui se reflétait dans l'argenterie entassée par terre.

– Jane ! Bo ! Regardez !

Diego désigna le trésor. Les gobelets, pièces et bijoux se mirent à trembler, de plus en plus fort. C'est alors qu'un disque d'argent étincelant émergea du tas… et s'éleva, droit vers les mains de Diego !

– La clé d'Argent ! hurla Jane. Argent, attaque le sorcier !

Chapitre 13

UNE BONNE NOUVELLE… ET UNE MAUVAISE

Argent se tourna face à Diego. Mais, avant qu'il ait pu s'attaquer à lui, Bo hurla :

– Shou, délivre Diego du sort !

La dragonne d'Eau s'approcha du sorcier en crachant une brume bleutée. Une pluie fine s'abattit sur lui.

Diego s'immobilisa.

La lueur rouge faiblit.

Bientôt, le sorcier reprit l'apparence du Diego que les maîtres-dragons connaissaient.

– Il est redevenu lui-même ! s'écria Bo.

– Argent, arrête ! ordonna Jane.

Les écailles de son dragon se ternirent.

Diego cligna des yeux.

– Draco ? Bo ? Où suis-je ? demanda-t-il.

– Au royaume de Gallia, dans le repaire du dragon d'Argent, répondit Draco. Maldred vous a ensorcelé. Vous étiez sous ses ordres.

Diego baissa les yeux vers le disque argenté qu'il avait entre les mains.

– Oh, non..., murmura-t-il. Maldred a voulu me forcer à voler cette clé ?

– Vous alliez lui apporter, mais Shou vous a libéré de son emprise juste à temps, lui expliqua Bo.

– Je me souviens seulement que Carlos et moi étions à la maison et que je lui ai dit de se cacher parce que Maldred arrivait, raconta le sorcier. Carlos va bien ?

– Il est au sommet d'une tour avec Lalo, intervint Draco. Il a fait sonner la cloche pour nous avertir de votre arrivée.

C'est alors que Diego remarqua la présence de Jane.

– Je suis vraiment désolé d'avoir essayé de voler la clé, lui dit-il.

– Moi, je suis désolée qu'Argent vous ait attaqué, répondit la jeune chevalière. Et je regrette d'avoir voulu t'attaquer aussi, Draco. Mais notre mission est de protéger la clé, coûte que coûte.

Diego hocha la tête.

– Je comprends. Cette clé est très importante.

– Oui, confirma Jane, c'est pour ça qu'elle doit rester ici.

Diego la lui tendit, mais, avant qu'elle ait pu la prendre, une bulle lumineuse rouge apparut juste à côté d'eux.

Draco étouffa un cri.

C'était l'une des bulles magiques de Maldred !

Il en avait déjà vu au château du roi Roland et au palais de l'empereur Song.

Elle fonça sur Diego et engloutit la clé qu'il avait dans les mains !

Argent se jeta sur la bulle avec un grondement furieux.

Mais celle-ci se volatilisa, emportant la clé d'Argent avec elle…

LA PLUS COURAGEUSE

– Maldred s'est emparé de la clé ! s'exclama Draco, tout pâle.

– Nooon ! cria Jane. Vermisso pourrait essayer de la lui reprendre ? Il faut qu'on la retrouve !

Le garçon secoua la tête.

– Pour pouvoir se transporter quelque part, mon dragon doit savoir précisément où il va. Or nous ignorons où est partie la bulle de Maldred.

Jane se laissa tomber sur le tas de pièces d'argent. Elle enfouit son visage dans ses mains, retenant ses larmes.

– J'ai échoué, conclut-elle. Je suis la première à avoir laissé échapper la clé d'Argent.

Diego lui posa la main sur l'épaule.

– Tu es aussi la première à avoir dû affronter Maldred. C'est le plus puissant mage maléfique que le monde ait connu. Tu as fait de ton mieux.

– Tu n'as pas échoué, Jane ! Tu as été si brave ! affirma Draco. Le maître-dragon la plus courageuse que j'aie jamais vu !

Bo acquiesça.

– Draco a raison. Tu as fait tout ce que tu as pu pour protéger la clé.

– Mais ça n'a pas suffi, constata Jane. Je ne suis pas digne d'être le maître-dragon d'Argent.

L'intéressé laissa échapper un petit grognement en la poussant doucement du bout du museau. La Pierre-Dragon de la jeune fille se mit à luire et elle esquissa un faible sourire.

– Merci, Argent, murmura-t-elle.

Elle se tourna vers les autres pour expliquer :

– Il dit que nous ne devons pas abandonner. Que nous devons continuer à chercher la clé.

– Venez avec nous ! proposa Draco. Nous allons retrouver Maldred… et la clé.

– Nous n'avons pas le droit de quitter le château sans autorisation, répondit Jane. Je vais tout de suite envoyer un message à notre roi. Dès que j'aurai sa permission, nous vous rejoindrons.

– Bien, dit Draco. Nous aurons besoin de votre aide.

Jane hocha la tête.

– Je vous promets de venir très vite.

Elle se releva.

– Mais, avant que vous partiez, j'aimerais vous faire un cadeau.

Elle grimpa sur le tas d'argent pour prendre un bouclier d'argent étincelant.

Elle le donna à Bo.

– C'est pour toi, Bo, car tu as courageusement protégé ton ami.

Le garçon écarquilla les yeux.

– Merci !

Puis elle tira du tas une épée qu'elle tendit à Draco.

– Et voilà pour toi, Draco.

Chapitre 15

PANNE DE MAGIE

Draco contempla l'épée d'argent.

– C'est très gentil, Jane, mais je viens d'une famille de cultivateurs d'oignons. Et les fermiers n'ont pas d'épée.

– Tu as un cœur de chevalier, de ceux qui se battent pour une noble cause, répliqua Jane. Et tout chevalier a besoin d'une épée !

Draco la prit.

– Merci. La prochaine fois qu'on se verra, tu m'apprendras à manier l'épée.

La chevalière lui sourit.

– Il faut qu'on se dépêche d'aller chercher Carlos pour rentrer à Fougère immédiatement, dit Diego, et prévenir Aloïs de ce qui vient de se passer.

– Oui, acquiesça Draco, montons en haut de la tour.

Il posa la main sur Vermisso, tout comme Diego et Bo, et celui-ci toucha Shou.

La Pierre-Dragon de Jane étincela.

– Argent me demande de vous remercier pour votre aide.

Vermisso se mit à luire.

– À bientôt, Jane ! lança Draco. Nous vaincrons Maldred ensemble !

En un éclair, ils se transportèrent au sommet de la tour.

– Carlos ! s'écria Draco.

Le garçon et son petit dragon flottaient dans une bulle de magie rouge.

– Je vais les sortir de là, déclara Diego en pointant l'index sur la bulle. Inversion du sort !

Rien ne se produisit.

Le sorcier soupira.

– Oh, non ! gémit Draco. Qu'est-il arrivé à vos pouvoirs ?

– Il me faut un peu de temps pour me remettre du maléfice de Maldred, expliqua Diego.

– Shou, tu peux nous aider ? lui demanda Bo.

La dragonne d'Eau hocha la tête. Elle cracha un nouveau nuage bleu, qui déversa une bruine bienfaisante sur la bulle rouge.

Carlos et Lalo se posèrent doucement en haut de la tour tandis que la bulle se dissolvait.

Le garçon sauta au cou du sorcier.

– Diego ! Tu es sain et sauf !

– Oui, confirma celui-ci. Et je suis heureux de constater que toi aussi. Désolé de t'avoir lancé un sort.

– Ne t'inquiète pas. Je sais que c'est Maldred qui te contrôlait.

– Rentrons vite à Fougère, dit Draco. Posez tous une main sur Vermisso.

– Oui, allons-y ! s'écria Diego. Je dois parler à Aloïs. Je crois savoir où trouver Maldred !

LA CLÉ D'OR

En un éclair, Vermisso ramena toute la troupe dans la salle d'entraînement du château du roi Roland. Fira, Ana et Petra accoururent, suivies de près par Aloïs.

– Diego ! Tu es redevenu toi-même ! s'écria le sorcier en serrant son ami dans ses bras. Beau travail, jeunes maîtres-dragons.

Draco toussota.

– Hum… On a délivré Diego, mais Maldred a dérobé la clé d'Argent.

Il raconta alors tout ce qui s'était passé.

– Quel serpent, ce Maldred ! s'emporta Petra.

– Oui, acquiesça Fira. Mais j'espère qu'on fera bientôt la connaissance de Jane. Elle a l'air géniale.

– Oh que oui ! confirma Bo.

Aloïs caressa sa longue barbe.

– Il faut absolument reprendre la clé, malheureusement j'ignore comment retrouver Maldred. Sa magie m'empêche de le voir dans ma boule de cristal. Et j'ignore où est cachée la clé d'Or…

Diego sourit.

– Moi, je sais ! affirma-t-il. Quand j'étais sous le contrôle de Maldred, je pouvais accéder à ses pensées… et je me souviens de certains détails. La clé d'Or est sur l'île de Suvarna.

– Je vais chercher la carte ! s'écria Aloïs.

Il fila dans la salle de classe et revint avec.

Diego désigna un massif montagneux sur la carte.

– La clé est cachée dans ces montagnes, expliqua-t-il. Maldred est déjà en route, alors dépêchez-vous. La dragonne d'Or et son maître-dragon ont besoin de votre aide.

– Merci, mon ami, dit Aloïs. Maintenant, va te reposer.

– Oui. De toute façon, je ne vous serai pas très utile sans mes pouvoirs. Je vais rentrer à la maison avec Carlos et Lalo pendant que tes maîtres-dragons et toi empêcherez Maldred de voler la clé d'Or.

Aloïs se tourna vers Draco.

– Tu es prêt à partir pour Suvarna ?

« Si je suis prêt ? se demanda Draco. Maldred est plus puissant que jamais. J'ignore totalement comment l'arrêter mais… »

Il regarda autour de lui. Il n'était pas seul. Les autres maîtres-dragons avaient d'incroyables pouvoirs.

Puis il contempla l'épée d'argent qu'il avait à la main.

« Tu as un cœur de chevalier », lui avait dit Jane.

Draco prit une profonde inspiration avant de déclarer :

– Je suis prêt ! Nous allons vaincre Maldred tous ensemble !

FIN.

Composition et mise en pages
Nord Compo à Villeneuve-d'Ascq